escolinha
TODOLIVRO

2º ANO

Ensino Fundamental

MATEMÁTICA e PORTUGUÊS

RESPOSTAS NA ÚLTIMA PÁGINA.

Resolva as operações de adição.

🚗 + 🚗 = 🚗🚗

1 + 1 =

$\begin{array}{r} 1 \\ + 1 \\ \hline \end{array}$

1) $\begin{array}{r} 1 \\ + 2 \\ \hline \end{array}$ **2)** $\begin{array}{r} 2 \\ + 2 \\ \hline \end{array}$ **3)** $\begin{array}{r} 1 \\ + 3 \\ \hline \end{array}$ **4)** $\begin{array}{r} 2 \\ + 3 \\ \hline \end{array}$

5) $\begin{array}{r} 1 \\ + 6 \\ \hline \end{array}$ **6)** $\begin{array}{r} 3 \\ + 2 \\ \hline \end{array}$ **7)** $\begin{array}{r} 1 \\ + 4 \\ \hline \end{array}$ **8)** $\begin{array}{r} 2 \\ + 5 \\ \hline \end{array}$

9) $\begin{array}{r} 3 \\ + 3 \\ \hline \end{array}$ **10)** $\begin{array}{r} 1 \\ + 7 \\ \hline \end{array}$ **11)** $\begin{array}{r} 2 \\ + 6 \\ \hline \end{array}$ **12)** $\begin{array}{r} 3 \\ + 4 \\ \hline \end{array}$

13) $\begin{array}{r} 2 \\ + 7 \\ \hline \end{array}$ **14)** $\begin{array}{r} 4 \\ + 4 \\ \hline \end{array}$ **15)** $\begin{array}{r} 1 \\ + 8 \\ \hline \end{array}$ **16)** $\begin{array}{r} 5 \\ + 4 \\ \hline \end{array}$

🐟🐟 + 🐟🐟 = 🐟🐟🐟🐟

2 + 2 =

$$\begin{array}{r}2\\+\,2\\\hline\end{array}$$

1.
$$\begin{array}{r}5\\+\,6\\\hline\end{array}$$

2.
$$\begin{array}{r}6\\+\,7\\\hline\end{array}$$

3.
$$\begin{array}{r}7\\+\,5\\\hline\end{array}$$

4.
$$\begin{array}{r}2\\+\,8\\\hline\end{array}$$

5.
$$\begin{array}{r}8\\+\,3\\\hline\end{array}$$

6.
$$\begin{array}{r}9\\+\,2\\\hline\end{array}$$

7.
$$\begin{array}{r}7\\+\,7\\\hline\end{array}$$

8.
$$\begin{array}{r}9\\+\,3\\\hline\end{array}$$

9.
$$\begin{array}{r}4\\+\,8\\\hline\end{array}$$

10.
$$\begin{array}{r}5\\+\,8\\\hline\end{array}$$

11.
$$\begin{array}{r}8\\+\,8\\\hline\end{array}$$

12.
$$\begin{array}{r}9\\+\,7\\\hline\end{array}$$

13.
$$\begin{array}{r}8\\+\,7\\\hline\end{array}$$

14.
$$\begin{array}{r}6\\+\,9\\\hline\end{array}$$

15.
$$\begin{array}{r}9\\+\,8\\\hline\end{array}$$

16.
$$\begin{array}{r}9\\+\,9\\\hline\end{array}$$

🍄🍄🍄🍄 + 🍄 = 🍄🍄🍄🍄🍄

4 + 1 =

$$\begin{array}{r}4\\+\,1\\\hline\end{array}$$

1. $\begin{array}{r}13\\+\,6\\\hline\end{array}$
2. $\begin{array}{r}10\\+\,7\\\hline\end{array}$
3. $\begin{array}{r}12\\+\,5\\\hline\end{array}$
4. $\begin{array}{r}11\\+\,8\\\hline\end{array}$

5. $\begin{array}{r}18\\+\,1\\\hline\end{array}$
6. $\begin{array}{r}16\\+\,3\\\hline\end{array}$
7. $\begin{array}{r}17\\+\,2\\\hline\end{array}$
8. $\begin{array}{r}10\\+\,9\\\hline\end{array}$

9. $\begin{array}{r}14\\+\,4\\\hline\end{array}$
10. $\begin{array}{r}15\\+\,3\\\hline\end{array}$
11. $\begin{array}{r}14\\+\,2\\\hline\end{array}$
12. $\begin{array}{r}13\\+\,5\\\hline\end{array}$

13. $\begin{array}{r}10\\+\,5\\\hline\end{array}$
14. $\begin{array}{r}12\\+\,7\\\hline\end{array}$
15. $\begin{array}{r}11\\+\,3\\\hline\end{array}$
16. $\begin{array}{r}11\\+\,1\\\hline\end{array}$

4 + 4 =

$$\begin{array}{r} 4 \\ + 4 \\ \hline \end{array}$$

1.
$$\begin{array}{r} 23 \\ + 4 \\ \hline \end{array}$$

2.
$$\begin{array}{r} 20 \\ + 17 \\ \hline \end{array}$$

3.
$$\begin{array}{r} 13 \\ + 25 \\ \hline \end{array}$$

4.
$$\begin{array}{r} 52 \\ + 14 \\ \hline \end{array}$$

5.
$$\begin{array}{r} 32 \\ + 26 \\ \hline \end{array}$$

6.
$$\begin{array}{r} 41 \\ + 13 \\ \hline \end{array}$$

7.
$$\begin{array}{r} 57 \\ + 12 \\ \hline \end{array}$$

8.
$$\begin{array}{r} 60 \\ + 19 \\ \hline \end{array}$$

9.
$$\begin{array}{r} 70 \\ + 24 \\ \hline \end{array}$$

10.
$$\begin{array}{r} 35 \\ + 63 \\ \hline \end{array}$$

11.
$$\begin{array}{r} 44 \\ + 22 \\ \hline \end{array}$$

12.
$$\begin{array}{r} 19 \\ + 60 \\ \hline \end{array}$$

13.
$$\begin{array}{r} 26 \\ + 60 \\ \hline \end{array}$$

14.
$$\begin{array}{r} 17 \\ + 32 \\ \hline \end{array}$$

15.
$$\begin{array}{r} 19 \\ + 20 \\ \hline \end{array}$$

16.
$$\begin{array}{r} 41 \\ + 43 \\ \hline \end{array}$$

1 + 5 =

1
$+\,5$
―――

1 23 + 16

2 32 + 32

3 52 + 26

4 64 + 14

5 42 + 56

6 41 + 13

7 15 + 61

8 36 + 13

9 70 + 14

10 53 + 46

11 34 + 52

12 19 + 60

13 32 + 26

14 17 + 72

15 81 + 3

16 54 + 4

🫖 + 🫖🫖 + 🫖 = 🫖🫖🫖🫖

1 + 2 + 1 =

```
  1
  2
+ 1
___
```

1.
```
  2
  1
+ 3
___
```

2.
```
  2
  1
+ 2
___
```

3.
```
  2
  4
+ 3
___
```

4.
```
  2
  1
+ 6
___
```

5.
```
  1
  3
+ 3
___
```

6.
```
  2
  4
+ 2
___
```

7.
```
  2
  1
+ 5
___
```

8.
```
  2
  3
+ 3
___
```

9.
```
  4
  1
+ 3
___
```

10.
```
  5
  1
+ 3
___
```

11.
```
  3
  3
+ 3
___
```

12.
```
  2
  5
+ 2
___
```

13.
```
  5
  1
+ 1
___
```

14.
```
  7
  1
+ 1
___
```

15.
```
  6
  1
+ 1
___
```

16.
```
  3
  2
+ 1
___
```

3 + 2 + 1 =

```
  3
  2
+ 1
___
```

1.
```
  12
  32
+ 33
____
```

2.
```
  42
  21
+ 33
____
```

3.
```
  18
   1
+ 50
____
```

4.
```
  25
  13
+ 61
____
```

5.
```
  20
  36
+ 43
____
```

6.
```
  22
  40
+ 37
____
```

7.
```
  22
   5
+ 51
____
```

8.
```
   2
  13
+ 83
____
```

9.
```
  51
  17
+ 31
____
```

10.
```
  25
  12
+ 40
____
```

11.
```
  83
   3
+ 13
____
```

12.
```
  23
  15
+ 50
____
```

13.
```
  13
  43
+ 12
____
```

14.
```
   6
  30
+ 60
____
```

15.
```
  16
  51
+ 12
____
```

16.
```
  13
  32
+ 40
____
```

Resolva as operações de **subtração**.

🚢🚢 - 🚢 = 🚢

2 - 1 =

$$\begin{array}{r} 2 \\ -1 \\ \hline \end{array}$$

1
$$\begin{array}{r} 1 \\ -1 \\ \hline \end{array}$$

2
$$\begin{array}{r} 2 \\ -2 \\ \hline \end{array}$$

3
$$\begin{array}{r} 3 \\ -1 \\ \hline \end{array}$$

4
$$\begin{array}{r} 4 \\ -1 \\ \hline \end{array}$$

5
$$\begin{array}{r} 5 \\ -1 \\ \hline \end{array}$$

6
$$\begin{array}{r} 6 \\ -1 \\ \hline \end{array}$$

7
$$\begin{array}{r} 7 \\ -1 \\ \hline \end{array}$$

8
$$\begin{array}{r} 8 \\ -1 \\ \hline \end{array}$$

9
$$\begin{array}{r} 9 \\ -1 \\ \hline \end{array}$$

10
$$\begin{array}{r} 3 \\ -2 \\ \hline \end{array}$$

11
$$\begin{array}{r} 4 \\ -2 \\ \hline \end{array}$$

12
$$\begin{array}{r} 4 \\ -4 \\ \hline \end{array}$$

13
$$\begin{array}{r} 5 \\ -3 \\ \hline \end{array}$$

14
$$\begin{array}{r} 7 \\ -4 \\ \hline \end{array}$$

15
$$\begin{array}{r} 8 \\ -6 \\ \hline \end{array}$$

16
$$\begin{array}{r} 9 \\ -4 \\ \hline \end{array}$$

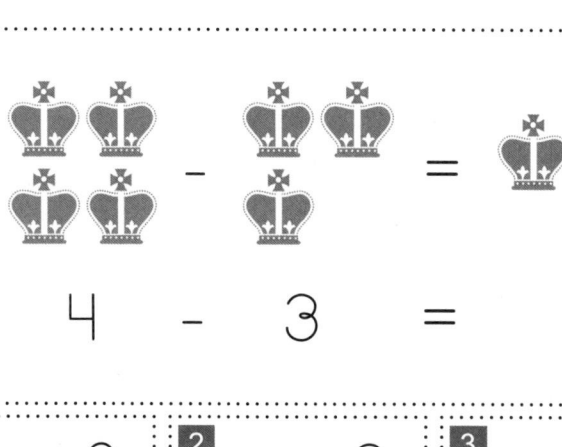

4 - 3 =

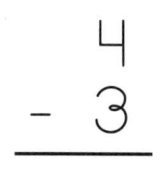

$$\begin{array}{r}4\\-3\\\hline\end{array}$$

1. $$\begin{array}{r}8\\-5\\\hline\end{array}$$
2. $$\begin{array}{r}9\\-2\\\hline\end{array}$$
3. $$\begin{array}{r}7\\-3\\\hline\end{array}$$
4. $$\begin{array}{r}8\\-7\\\hline\end{array}$$

5. $$\begin{array}{r}5\\-4\\\hline\end{array}$$
6. $$\begin{array}{r}6\\-3\\\hline\end{array}$$
7. $$\begin{array}{r}7\\-7\\\hline\end{array}$$
8. $$\begin{array}{r}8\\-2\\\hline\end{array}$$

9. $$\begin{array}{r}9\\-5\\\hline\end{array}$$
10. $$\begin{array}{r}8\\-8\\\hline\end{array}$$
11. $$\begin{array}{r}4\\-2\\\hline\end{array}$$
12. $$\begin{array}{r}4\\-3\\\hline\end{array}$$

13. $$\begin{array}{r}5\\-3\\\hline\end{array}$$
14. $$\begin{array}{r}7\\-5\\\hline\end{array}$$
15. $$\begin{array}{r}8\\-2\\\hline\end{array}$$
16. $$\begin{array}{r}9\\-9\\\hline\end{array}$$

❄️❄️ - ❄️ = ❄️

6 - 3 =

$$\begin{array}{r}6\\-3\\\hline\end{array}$$

1) $\begin{array}{r}13\\-2\\\hline\end{array}$

2) $\begin{array}{r}17\\-6\\\hline\end{array}$

3) $\begin{array}{r}12\\-1\\\hline\end{array}$

4) $\begin{array}{r}18\\-8\\\hline\end{array}$

5) $\begin{array}{r}15\\-4\\\hline\end{array}$

6) $\begin{array}{r}16\\-3\\\hline\end{array}$

7) $\begin{array}{r}17\\-2\\\hline\end{array}$

8) $\begin{array}{r}19\\-9\\\hline\end{array}$

9) $\begin{array}{r}24\\-1\\\hline\end{array}$

10) $\begin{array}{r}15\\-3\\\hline\end{array}$

11) $\begin{array}{r}39\\-2\\\hline\end{array}$

12) $\begin{array}{r}25\\-5\\\hline\end{array}$

13) $\begin{array}{r}11\\-1\\\hline\end{array}$

14) $\begin{array}{r}22\\-1\\\hline\end{array}$

15) $\begin{array}{r}14\\-3\\\hline\end{array}$

16) $\begin{array}{r}29\\-7\\\hline\end{array}$

$$9 - 6 =$$

$$\begin{array}{r} 9 \\ -6 \\ \hline \end{array}$$

1. $\begin{array}{r} 73 \\ -1 \\ \hline \end{array}$
2. $\begin{array}{r} 87 \\ -5 \\ \hline \end{array}$
3. $\begin{array}{r} 99 \\ -8 \\ \hline \end{array}$
4. $\begin{array}{r} 58 \\ -3 \\ \hline \end{array}$
5. $\begin{array}{r} 45 \\ -4 \\ \hline \end{array}$
6. $\begin{array}{r} 36 \\ -6 \\ \hline \end{array}$
7. $\begin{array}{r} 67 \\ -4 \\ \hline \end{array}$
8. $\begin{array}{r} 39 \\ -7 \\ \hline \end{array}$
9. $\begin{array}{r} 54 \\ -1 \\ \hline \end{array}$
10. $\begin{array}{r} 75 \\ -4 \\ \hline \end{array}$
11. $\begin{array}{r} 49 \\ -2 \\ \hline \end{array}$
12. $\begin{array}{r} 55 \\ -5 \\ \hline \end{array}$
13. $\begin{array}{r} 91 \\ -1 \\ \hline \end{array}$
14. $\begin{array}{r} 82 \\ -2 \\ \hline \end{array}$
15. $\begin{array}{r} 38 \\ -3 \\ \hline \end{array}$
16. $\begin{array}{r} 79 \\ -5 \\ \hline \end{array}$

6 - 4 =

$$\begin{array}{r} 6 \\ -4 \\ \hline \end{array}$$

1
$$\begin{array}{r} 73 \\ -42 \\ \hline \end{array}$$

2
$$\begin{array}{r} 35 \\ -15 \\ \hline \end{array}$$

3
$$\begin{array}{r} 57 \\ -32 \\ \hline \end{array}$$

4
$$\begin{array}{r} 39 \\ -16 \\ \hline \end{array}$$

5
$$\begin{array}{r} 86 \\ -22 \\ \hline \end{array}$$

6
$$\begin{array}{r} 47 \\ -38 \\ \hline \end{array}$$

7
$$\begin{array}{r} 72 \\ -60 \\ \hline \end{array}$$

8
$$\begin{array}{r} 88 \\ -75 \\ \hline \end{array}$$

9
$$\begin{array}{r} 94 \\ -73 \\ \hline \end{array}$$

10
$$\begin{array}{r} 59 \\ -24 \\ \hline \end{array}$$

11
$$\begin{array}{r} 68 \\ -14 \\ \hline \end{array}$$

12
$$\begin{array}{r} 93 \\ -52 \\ \hline \end{array}$$

13
$$\begin{array}{r} 22 \\ -18 \\ \hline \end{array}$$

14
$$\begin{array}{r} 33 \\ -10 \\ \hline \end{array}$$

15
$$\begin{array}{r} 87 \\ -84 \\ \hline \end{array}$$

16
$$\begin{array}{r} 99 \\ -62 \\ \hline \end{array}$$

8 - 3 =

$$\begin{array}{r}8\\-3\\\hline\end{array}$$

1) $$\begin{array}{r}70\\-70\\\hline\end{array}$$
2) $$\begin{array}{r}65\\-55\\\hline\end{array}$$
3) $$\begin{array}{r}53\\-10\\\hline\end{array}$$
4) $$\begin{array}{r}79\\-46\\\hline\end{array}$$

5) $$\begin{array}{r}84\\-62\\\hline\end{array}$$
6) $$\begin{array}{r}59\\-15\\\hline\end{array}$$
7) $$\begin{array}{r}71\\-31\\\hline\end{array}$$
8) $$\begin{array}{r}81\\-70\\\hline\end{array}$$

9) $$\begin{array}{r}44\\-22\\\hline\end{array}$$
10) $$\begin{array}{r}55\\-34\\\hline\end{array}$$
11) $$\begin{array}{r}18\\-13\\\hline\end{array}$$
12) $$\begin{array}{r}23\\-12\\\hline\end{array}$$

13) $$\begin{array}{r}69\\-37\\\hline\end{array}$$
14) $$\begin{array}{r}33\\-31\\\hline\end{array}$$
15) $$\begin{array}{r}94\\-71\\\hline\end{array}$$
16) $$\begin{array}{r}89\\-73\\\hline\end{array}$$

36 - 25 =

$$\begin{array}{r} 36 \\ -25 \\ \hline \end{array}$$

1. $\begin{array}{r} 70 \\ -60 \\ \hline \end{array}$

2. $\begin{array}{r} 63 \\ -42 \\ \hline \end{array}$

3. $\begin{array}{r} 15 \\ -10 \\ \hline \end{array}$

4. $\begin{array}{r} 79 \\ -14 \\ \hline \end{array}$

5. $\begin{array}{r} 84 \\ -63 \\ \hline \end{array}$

6. $\begin{array}{r} 95 \\ -83 \\ \hline \end{array}$

7. $\begin{array}{r} 47 \\ -31 \\ \hline \end{array}$

8. $\begin{array}{r} 58 \\ -20 \\ \hline \end{array}$

9. $\begin{array}{r} 44 \\ -21 \\ \hline \end{array}$

10. $\begin{array}{r} 59 \\ -13 \\ \hline \end{array}$

11. $\begin{array}{r} 81 \\ -50 \\ \hline \end{array}$

12. $\begin{array}{r} 72 \\ -61 \\ \hline \end{array}$

13. $\begin{array}{r} 69 \\ -47 \\ \hline \end{array}$

14. $\begin{array}{r} 23 \\ -10 \\ \hline \end{array}$

15. $\begin{array}{r} 99 \\ -28 \\ \hline \end{array}$

16. $\begin{array}{r} 78 \\ -66 \\ \hline \end{array}$

28 - 12 =

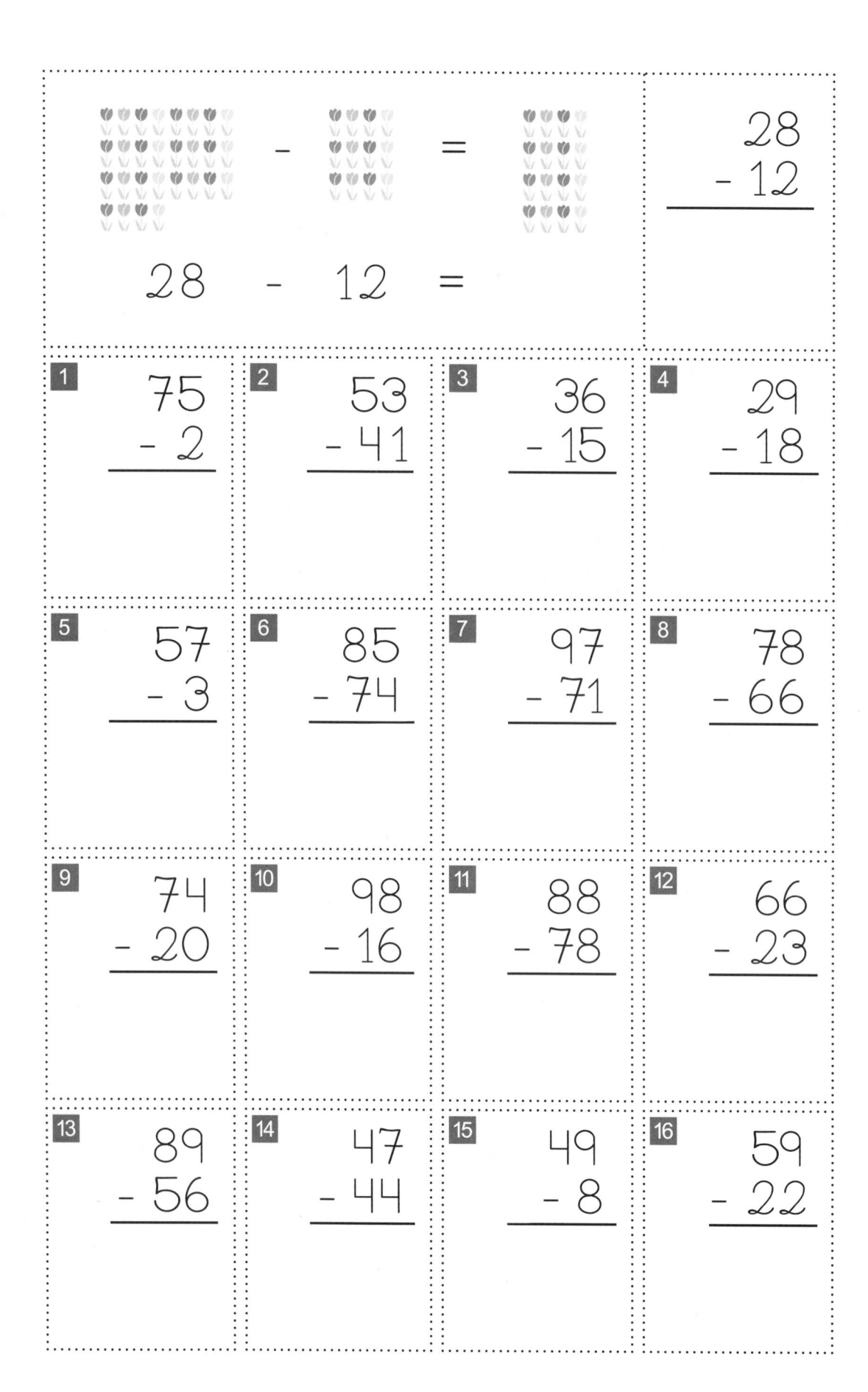

$$\begin{array}{r}28\\-12\\\hline\end{array}$$

1. $\begin{array}{r}75\\-2\\\hline\end{array}$

2. $\begin{array}{r}53\\-41\\\hline\end{array}$

3. $\begin{array}{r}36\\-15\\\hline\end{array}$

4. $\begin{array}{r}29\\-18\\\hline\end{array}$

5. $\begin{array}{r}57\\-3\\\hline\end{array}$

6. $\begin{array}{r}85\\-74\\\hline\end{array}$

7. $\begin{array}{r}97\\-71\\\hline\end{array}$

8. $\begin{array}{r}78\\-66\\\hline\end{array}$

9. $\begin{array}{r}74\\-20\\\hline\end{array}$

10. $\begin{array}{r}98\\-16\\\hline\end{array}$

11. $\begin{array}{r}88\\-78\\\hline\end{array}$

12. $\begin{array}{r}66\\-23\\\hline\end{array}$

13. $\begin{array}{r}89\\-56\\\hline\end{array}$

14. $\begin{array}{r}47\\-44\\\hline\end{array}$

15. $\begin{array}{r}49\\-8\\\hline\end{array}$

16. $\begin{array}{r}59\\-22\\\hline\end{array}$

RESOLVA ESTAS SITUAÇÕES-PROBLEMA.

1 TEM 🖊. SE ELA GANHAR MAIS 🖊🖊🖊, COM QUANTOS LÁPIS ELA FICARÁ NO TOTAL?

2 MATEUS GANHOU 1 ÁLBUM, 11 ADESIVOS E 4 DADOS. QUANTOS OBJETOS ELE GANHOU?

3 EU TENHO 4 SELOS EM UMA DAS MÃOS E 5 NA OUTRA. QUANTOS SELOS EU TENHO NO TOTAL?

4 NO JOGO DE BASQUETE, O TIME AZUL MARCOU 25 PONTOS E O TIME VERMELHO MARCOU 22. POR QUANTOS PONTOS O TIME VERMELHO PERDEU?

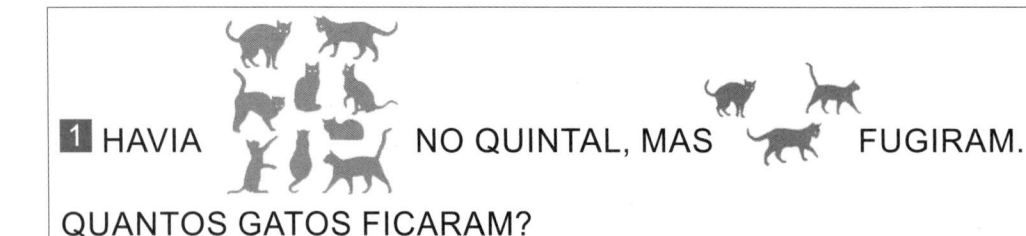

1 HAVIA [gatos] NO QUINTAL, MAS [gatos] FUGIRAM. QUANTOS GATOS FICARAM?

2 EM UMA CLASSE, ESTUDAM 15 MENINOS E 13 MENINAS. QUANTOS ALUNOS SÃO NO TOTAL?

3 NO NATAL, MELISSA GANHOU 1 BONECA E 2 LIVROS, PEDRO GANHOU 1 BOLA E 3 CARRINHOS E ARTHUR GANHOU 1 PATINETE. QUANTOS PRESENTES AS CRIANÇAS GANHARAM AO TODO?

4 LEONARDO TINHA 18 ADESIVOS E DISTRIBUIU 12 ENTRE OS AMIGOS. COM QUANTOS ADESIVOS ELE FICOU?

1 PAPAI GANHOU 🥿 , 👢 E 🥾 .

QUANTOS PARES DE CALÇADOS ELE GANHOU?

2 DIVA GANHOU 10 ROSAS, MAS METADE DELAS MURCHARAM. QUANTAS ROSAS INTEIRAS RESTARAM?

3 PEDRO DISPUTOU COM LUCAS UMA PARTIDA DE BOLA DE GUDE. HAVIA 15 BOLAS EM JOGO. SE PEDRO GANHOU 8 BOLAS, QUANTAS BOLAS FICARAM PARA LUCAS?

4 NO PACOTE, HAVIA 18 ROSQUINHAS. JÚLIO COMEU 5 E AMANDA COMEU 3. QUANTAS ROSQUINHAS FICARAM NO PACOTE?

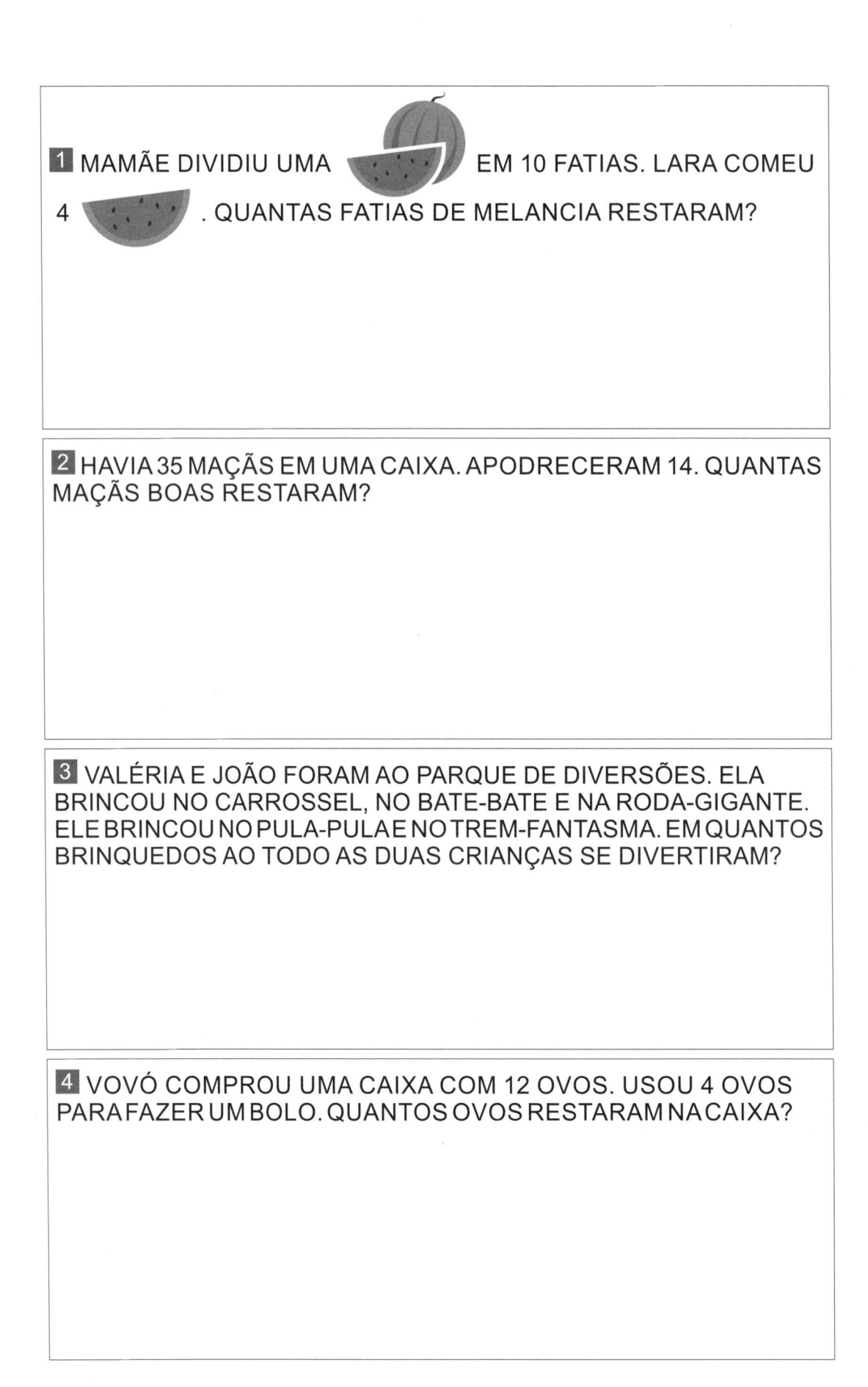

1 MAMÃE DIVIDIU UMA 🍉 EM 10 FATIAS. LARA COMEU 4 🍉. QUANTAS FATIAS DE MELANCIA RESTARAM?

2 HAVIA 35 MAÇÃS EM UMA CAIXA. APODRECERAM 14. QUANTAS MAÇÃS BOAS RESTARAM?

3 VALÉRIA E JOÃO FORAM AO PARQUE DE DIVERSÕES. ELA BRINCOU NO CARROSSEL, NO BATE-BATE E NA RODA-GIGANTE. ELE BRINCOU NO PULA-PULA E NO TREM-FANTASMA. EM QUANTOS BRINQUEDOS AO TODO AS DUAS CRIANÇAS SE DIVERTIRAM?

4 VOVÓ COMPROU UMA CAIXA COM 12 OVOS. USOU 4 OVOS PARA FAZER UM BOLO. QUANTOS OVOS RESTARAM NA CAIXA?

1 CHEGARAM _____ PARA BRINCAR COM OS SAPOS DA _____ . QUANTOS SAPOS FICARAM NA LAGOA?

2 NO SÍTIO, HAVIA UM GALINHEIRO COM 15 GALINHAS E 4 GALOS. O DONO COMPROU MAIS 5 GALINHAS E 1 GALO. QUANTAS AVES TOTALIZARAM NO GALINHEIRO?

3 NA FESTA JUNINA DE UMA ESCOLA COM 285 ALUNOS, APENAS 183 ALUNOS COMPARECERAM. QUANTOS FALTARAM À FESTA?

4 LARISSA TINHA 15 REAIS PARA GASTAR NO RECREIO. ELA COMPROU UM SANDUÍCHE DE QUEIJO POR 6 REAIS E UM SUCO DE LARANJA POR 4 REAIS. QUANTOS REAIS ELA GASTOU NO TOTAL E QUANTOS REAIS SOBRARAM?

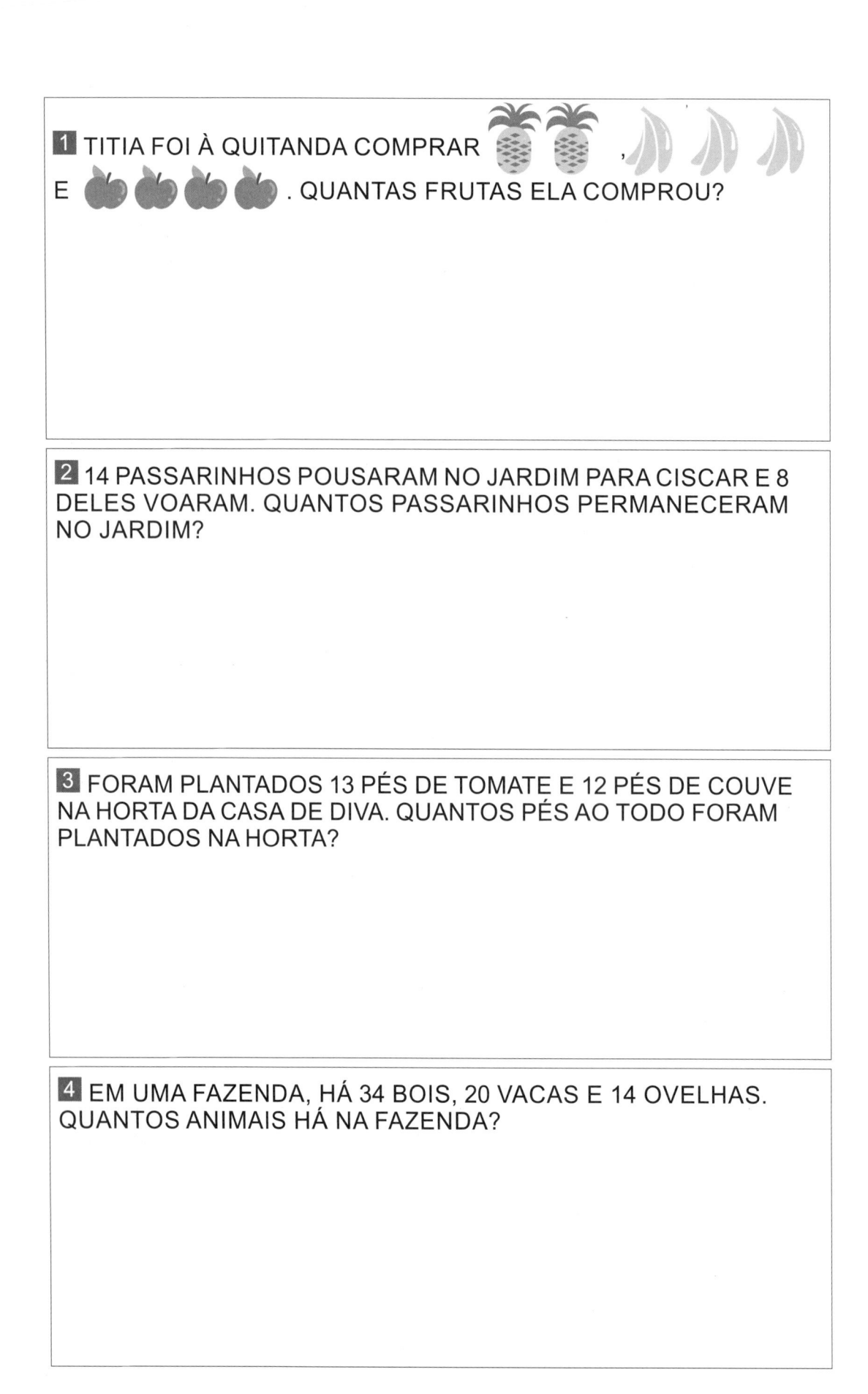

1 TITIA FOI À QUITANDA COMPRAR 🍍🍍 , 🍌🍌🍌 E 🍎🍎🍎🍎 . QUANTAS FRUTAS ELA COMPROU?

2 14 PASSARINHOS POUSARAM NO JARDIM PARA CISCAR E 8 DELES VOARAM. QUANTOS PASSARINHOS PERMANECERAM NO JARDIM?

3 FORAM PLANTADOS 13 PÉS DE TOMATE E 12 PÉS DE COUVE NA HORTA DA CASA DE DIVA. QUANTOS PÉS AO TODO FORAM PLANTADOS NA HORTA?

4 EM UMA FAZENDA, HÁ 34 BOIS, 20 VACAS E 14 OVELHAS. QUANTOS ANIMAIS HÁ NA FAZENDA?

1 HAVIA 🐟🐟🐟🐟🐟🐟🐟🐟🐟 E CHEGARAM MAIS 🐟🐟.
QUANTOS PEIXES HÁ AGORA NO CARDUME?

2 FERNANDO TEM 13 ANOS E SEU PRIMO RODRIGO TEM 11 ANOS. QUANTOS ANOS FERNANDO É MAIS VELHO QUE RODRIGO?

3 NO POMAR, HÁ 5 LARANJEIRAS, 4 GOIABEIRAS E 3 LIMOEIROS. QUANTAS ÁRVORES HÁ NO POMAR?

4 NA BIBLIOTECA DA ESCOLA, HAVIA 45 GIBIS. OS ALUNOS RETIRARAM 22. QUANTOS GIBIS FICARAM?

1 TINHA 🌀🌀🌀🌀 E GANHOU 🌀🌀🌀🌀🌀 DE 👧.
COM QUANTOS CATA-VENTOS ELE FICOU NO TOTAL?

2 RAFAEL TEM 27 REAIS E QUER COMPRAR UM LIVRO, MAS PRECISA COMPLETAR COM 12 REAIS. QUANTO CUSTA O LIVRO?

3 EM TRÊS PARTIDAS DE VÔLEI, BRUNA MARCOU 5 PONTOS NA PRIMEIRA, 7 PONTOS NA SEGUNDA E 10 PONTOS NA TERCEIRA. QUANTOS PONTOS ELA MARCOU NO TOTAL?

4 NA SESSÃO DA TARDE, HAVIA 58 POLTRONAS VAZIAS NA SALA DE CINEMA. CHEGOU UMA TURMA COM 15 ALUNOS. QUANTAS POLTRONAS VAZIAS SOBRARAM?

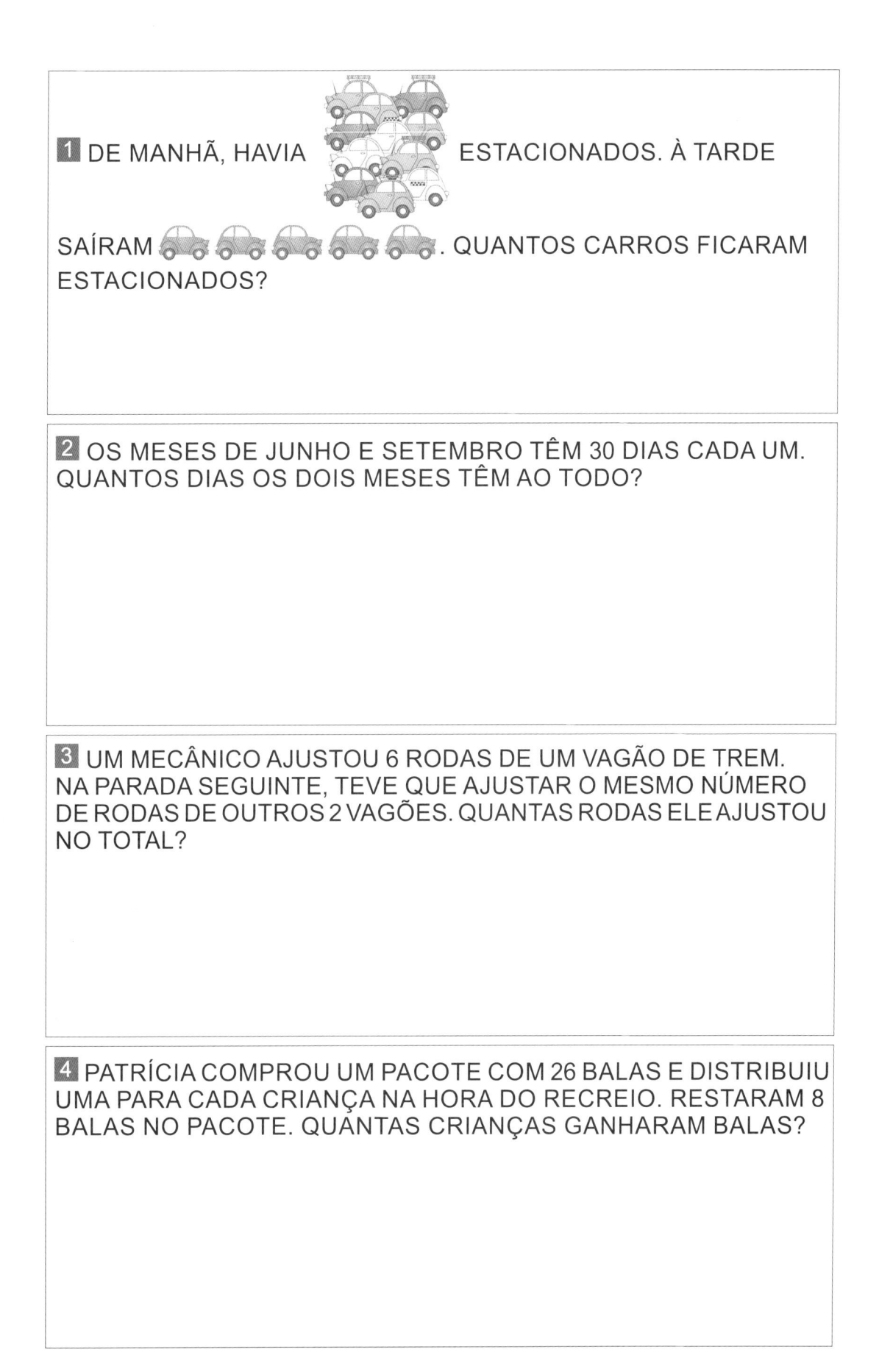

1 DE MANHÃ, HAVIA [carros] ESTACIONADOS. À TARDE SAÍRAM [5 carros]. QUANTOS CARROS FICARAM ESTACIONADOS?

2 OS MESES DE JUNHO E SETEMBRO TÊM 30 DIAS CADA UM. QUANTOS DIAS OS DOIS MESES TÊM AO TODO?

3 UM MECÂNICO AJUSTOU 6 RODAS DE UM VAGÃO DE TREM. NA PARADA SEGUINTE, TEVE QUE AJUSTAR O MESMO NÚMERO DE RODAS DE OUTROS 2 VAGÕES. QUANTAS RODAS ELE AJUSTOU NO TOTAL?

4 PATRÍCIA COMPROU UM PACOTE COM 26 BALAS E DISTRIBUIU UMA PARA CADA CRIANÇA NA HORA DO RECREIO. RESTARAM 8 BALAS NO PACOTE. QUANTAS CRIANÇAS GANHARAM BALAS?

1 LEILA DESENHOU ⭐⭐☆☆ ⭐⭐☆☆ ⭐⭐☆☆ NO CADERNO. QUANTAS ESTRELAS ELA DESENHOU NO TOTAL? QUANTAS ESTRELAS ELA PINTOU E QUANTAS FALTAM PINTAR?

2 NO JOGO DE BOLICHE, HAVIA 9 PINOS. RODRIGO DERRUBOU 7. QUANTOS PINOS FICARAM EM PÉ?

3 UMA PIZZA FOI CORTADA EM 12 FATIAS. BEATRIZ COMEU 3 FATIAS E PRISCILA COMEU 4 FATIAS. QUANTAS FATIAS SOBRARAM?

4 NO ÔNIBUS ESCOLAR, HAVIA 13 ALUNOS. DESCERAM 5. QUANTOS ALUNOS FICARAM NO ÔNIBUS?

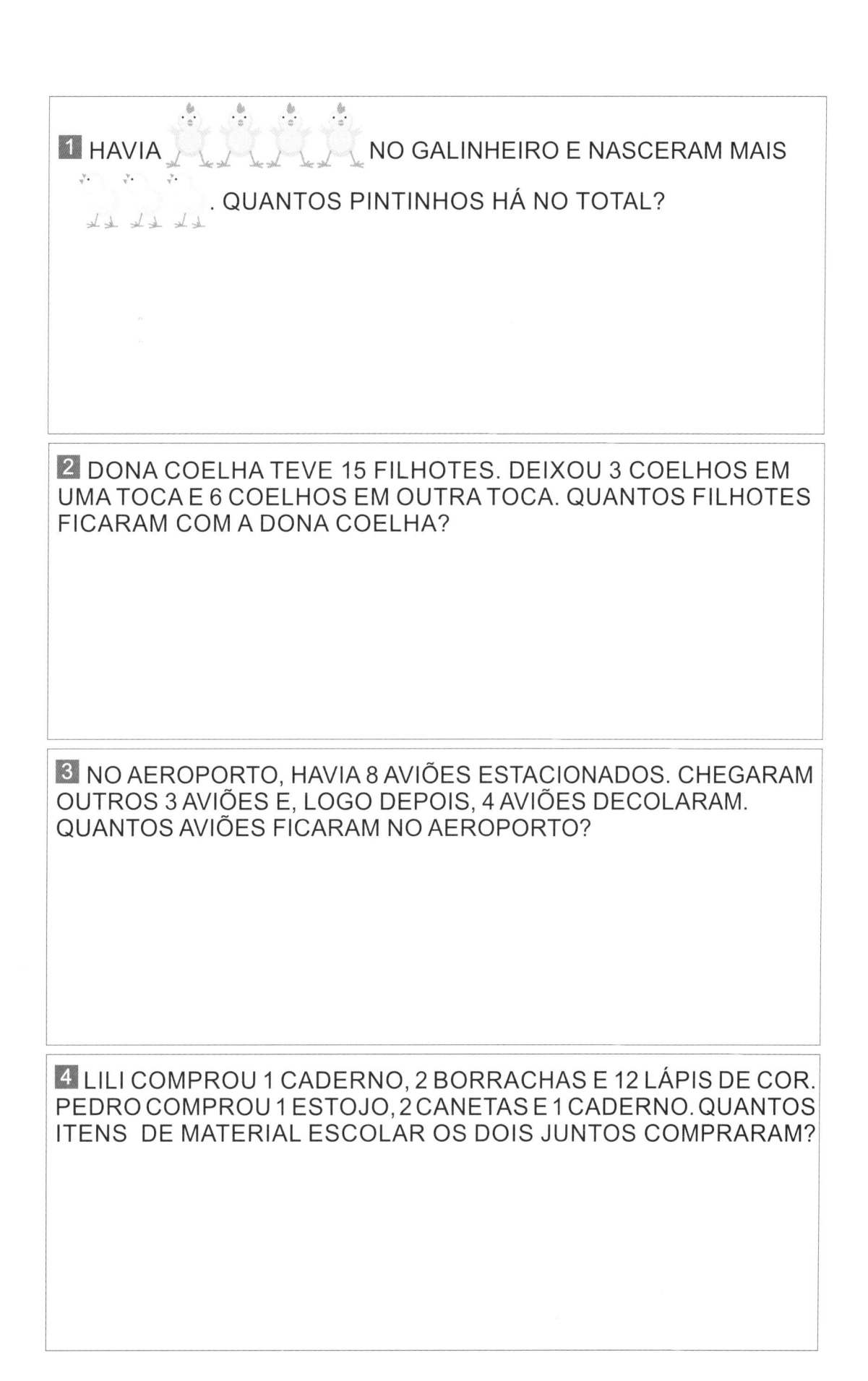

1 HAVIA [4 pintinhos] NO GALINHEIRO E NASCERAM MAIS [7 pintinhos]. QUANTOS PINTINHOS HÁ NO TOTAL?

2 DONA COELHA TEVE 15 FILHOTES. DEIXOU 3 COELHOS EM UMA TOCA E 6 COELHOS EM OUTRA TOCA. QUANTOS FILHOTES FICARAM COM A DONA COELHA?

3 NO AEROPORTO, HAVIA 8 AVIÕES ESTACIONADOS. CHEGARAM OUTROS 3 AVIÕES E, LOGO DEPOIS, 4 AVIÕES DECOLARAM. QUANTOS AVIÕES FICARAM NO AEROPORTO?

4 LILI COMPROU 1 CADERNO, 2 BORRACHAS E 12 LÁPIS DE COR. PEDRO COMPROU 1 ESTOJO, 2 CANETAS E 1 CADERNO. QUANTOS ITENS DE MATERIAL ESCOLAR OS DOIS JUNTOS COMPRARAM?

1 ONTEM VOVÔ VIU ⭐⭐⭐⭐⭐ NA PRAIA. HOJE ELE VIU A MESMA QUANTIDADE DELAS NA AREIA. QUANTAS ESTRELAS-DO-MAR ELE VIU NOS DOIS DIAS?

2 O PROFESSOR LAÉRCIO PASSOU 17 PROBLEMINHAS DE LIÇÃO DE CASA. ANITA CONSEGUIU FAZER 13 DELES. QUANTOS FALTAM PARA ELA RESOLVER?

3 DE MANHÃ, O LEITEIRO ENTREGOU 24 LITROS DE LEITE NA PADARIA. ATÉ O MEIO-DIA, FORAM VENDIDOS 13 LITROS. QUANTOS LITROS DE LEITE SOBRARAM?

4 NO BOLO DE ANIVERSÁRIO, HAVIA 15 VELINHAS ACESAS. LEANDRO APAGOU TODAS COM UM ÚNICO SOPRO. QUANTAS VELINHAS ACESAS SOBRARAM?

1 MAMÃE LIMPOU 🥿🥿🥿 E 🩴🩴🩴🩴🩴.
ELA GUARDOU TUDO NA SAPATEIRA, QUE TINHA A MESMA QUANTIDADE DE CALÇADOS. QUANTOS CALÇADOS AO TODO FICARAM NA SAPATEIRA?

2 PARA BRINCAR DE CASINHA, MARIA TERESA LEVOU 5 BONECAS, DUDA LEVOU 3 BICHINHOS DE PELÚCIA E TATI LEVOU 12 PANELINHAS. QUANTOS BRINQUEDOS AS TRÊS MENINAS LEVARAM NO TOTAL?

3 ARTHUR GANHOU UM LIVRO COM 36 PÁGINAS. ELE JÁ LEU 22. QUANTAS PÁGINAS FALTAM PARA ARTHUR COMPLETAR A LEITURA?

4 UM COLAR ARREBENTOU: 19 CONTAS SE PERDERAM PELO CHÃO E 5 FICARAM PRESAS NO FIO. QUANTAS CONTAS O COLAR TINHA NO TOTAL?

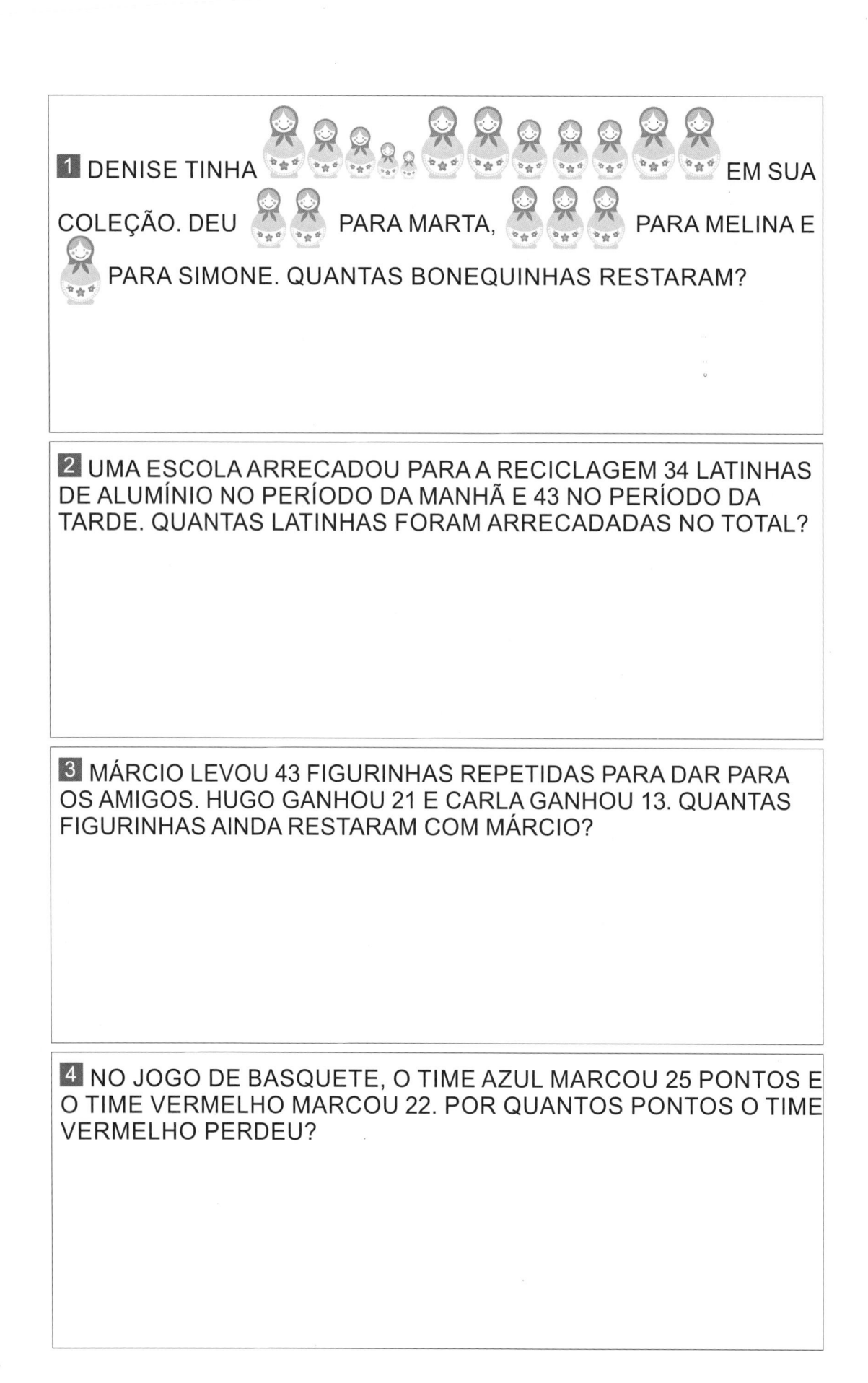

1 DENISE TINHA [13 bonequinhas] EM SUA COLEÇÃO. DEU [2] PARA MARTA, [3] PARA MELINA E [1] PARA SIMONE. QUANTAS BONEQUINHAS RESTARAM?

2 UMA ESCOLA ARRECADOU PARA A RECICLAGEM 34 LATINHAS DE ALUMÍNIO NO PERÍODO DA MANHÃ E 43 NO PERÍODO DA TARDE. QUANTAS LATINHAS FORAM ARRECADADAS NO TOTAL?

3 MÁRCIO LEVOU 43 FIGURINHAS REPETIDAS PARA DAR PARA OS AMIGOS. HUGO GANHOU 21 E CARLA GANHOU 13. QUANTAS FIGURINHAS AINDA RESTARAM COM MÁRCIO?

4 NO JOGO DE BASQUETE, O TIME AZUL MARCOU 25 PONTOS E O TIME VERMELHO MARCOU 22. POR QUANTOS PONTOS O TIME VERMELHO PERDEU?

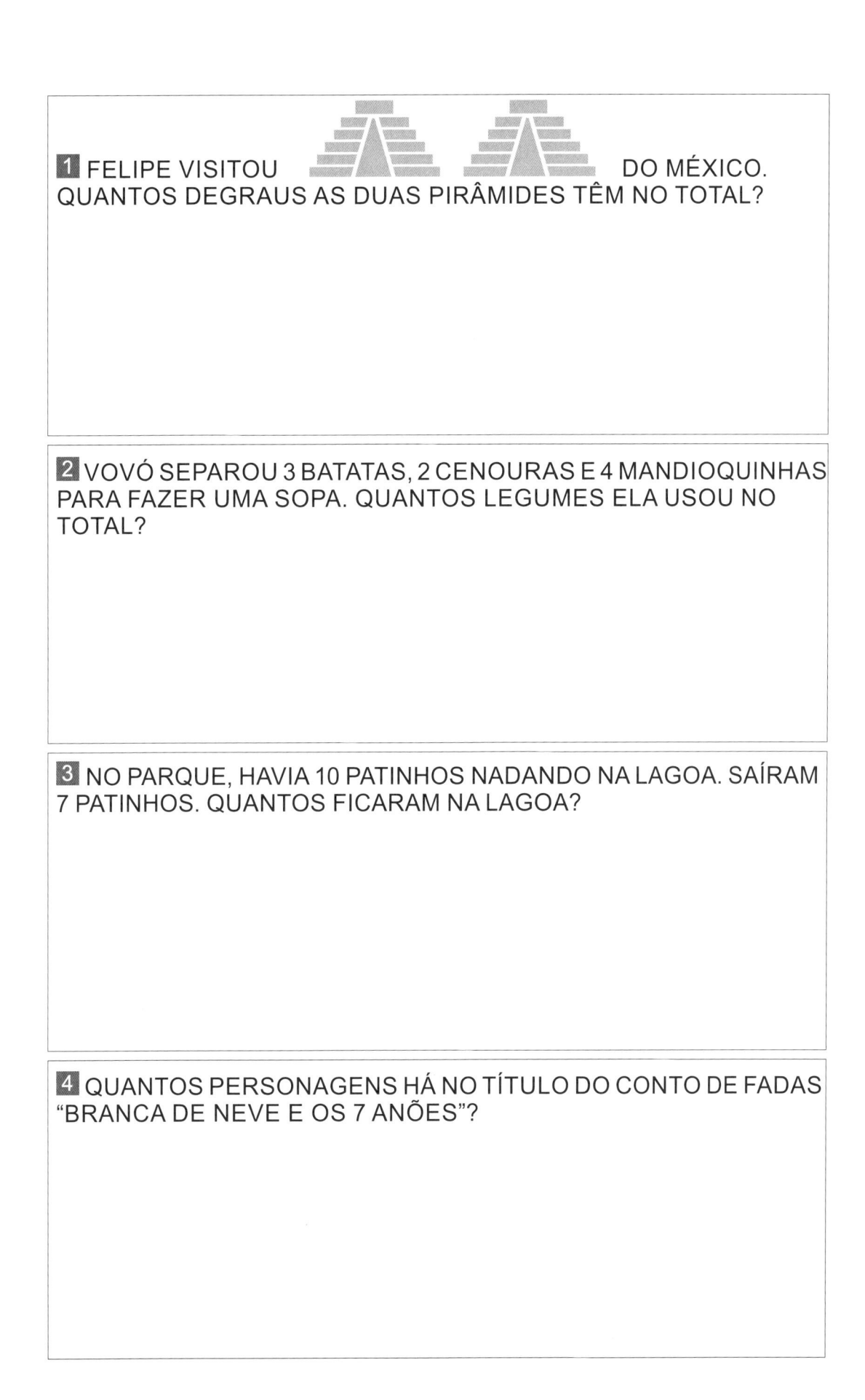

1 FELIPE VISITOU [pirâmides] DO MÉXICO. QUANTOS DEGRAUS AS DUAS PIRÂMIDES TÊM NO TOTAL?

2 VOVÓ SEPAROU 3 BATATAS, 2 CENOURAS E 4 MANDIOQUINHAS PARA FAZER UMA SOPA. QUANTOS LEGUMES ELA USOU NO TOTAL?

3 NO PARQUE, HAVIA 10 PATINHOS NADANDO NA LAGOA. SAÍRAM 7 PATINHOS. QUANTOS FICARAM NA LAGOA?

4 QUANTOS PERSONAGENS HÁ NO TÍTULO DO CONTO DE FADAS "BRANCA DE NEVE E OS 7 ANÕES"?

ABCDEFGHIJKLMNOPQRSTUVWXYZ

Alice fez um blog com

lindas fotos da Bélgica.

Brasil e Bolívia são

países da América do Sul.

Ana Belize André Bruna

1 2 3 4 5 6 7 8 9 10

ABCDEFGHIJKLMNOPQRSTUVWXYZ

A cadela Ceci dorme no canil de Caçapava.

Depois do Dilúvio, um arco-íris surgiu no céu.

Camila Diva Chile Daniel

11 12 13 14 15 16 17

ABCD**EF**GHIJKLMNOPQRSTUVWXYZ

Era um filme famoso

sobre elefantes da África.

Eles foram se esconder

embaixo da escada.

Espanha Flávia Elias Eva

18 19 20 21 22 23 24

ABCDEFGHIJKLMNOPQRSTUVWXYZ

Gabi é o nome da girafa

de pelúcia de Helena.

O relógio marcou a hora

que o helicóptero chegou.

Guiana Hélio Goiás Hilda

25 26 27 28 29 30 31

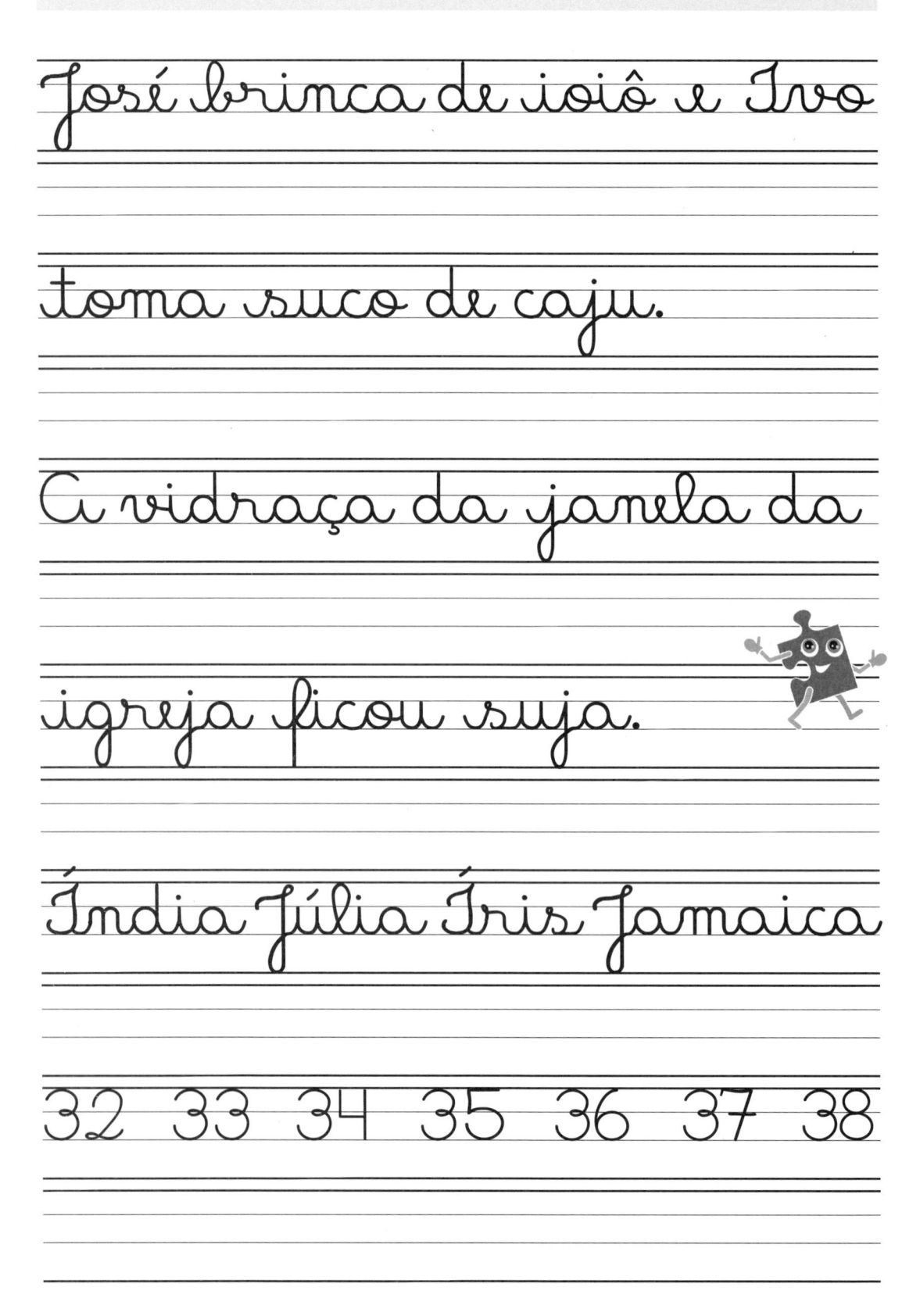

ABCDEFGH I J KLMNOPQRSTUVWXYZ

José brinca de ioiô e Ivo

toma suco de caju.

A vidraça da janela da

igreja ficou suja.

Índia Júlia Íris Jamaica

32 33 34 35 36 37 38

ABCDEFGHIJKLMNOPQRSTUVWXYZ

Laura e Valkíria foram

comprar kiwis.

Mieko faz ikebanas.

Lara gosta de kung fu.

Kadu Letônia Kuwait Lia

39 40 41 42 43 44 45

ABCDEFGHIJKL**MN**OPQRSTUVWXYZ

A mestra ensina Maria

a contar os números.

A neve é típica do Natal

no hemisfério Norte.

Mara Nelson México Ney

46 47 48 49 50 51 52

ABCDEFGHIJKLMNOPQRSTUVWXYZ

A cidade de Ouro Preto é

patrimônio histórico.

Os gêmeos Pedro e Paulo

são ótimos alunos.

Omã Paris Olinda Peru

53 54 55 56 57 58 59

ABCDEFGHIJKLMNOPQRSTUVWXYZ

O rato, quietinho, roeu o queijo do rei de Roma.

Rodrigo queria ver a corrida da querida Rita.

Quênia Raquel Quito

60 61 62 63 64 65 66

ABCDEFGHIJKLMNOPQRSTUVWXYZ

Há um tatu na toca e

dois tucanos no telhado.

O sapo sapeca saltava

sobre a pedra solta.

Sérgio Turquia Suécia

67 68 69 70 71 72 73

ABCDEFGHIJKLMNOPQRSTUVWXYZ

Os ursos vivem vagando

pelos vales úmidos.

Vânia vai viajar de

avião para Valência.

Uruguai Vítor Uganda

74 75 76 77 78 79 80

ABCDEFGHIJKLMNOPQRSTUVWXYZ

Alex e Wilson são

exímios windsurfistas.

A bruxa Xandra vai à

festa de Halloween.

Wagner Xapuri Wilma

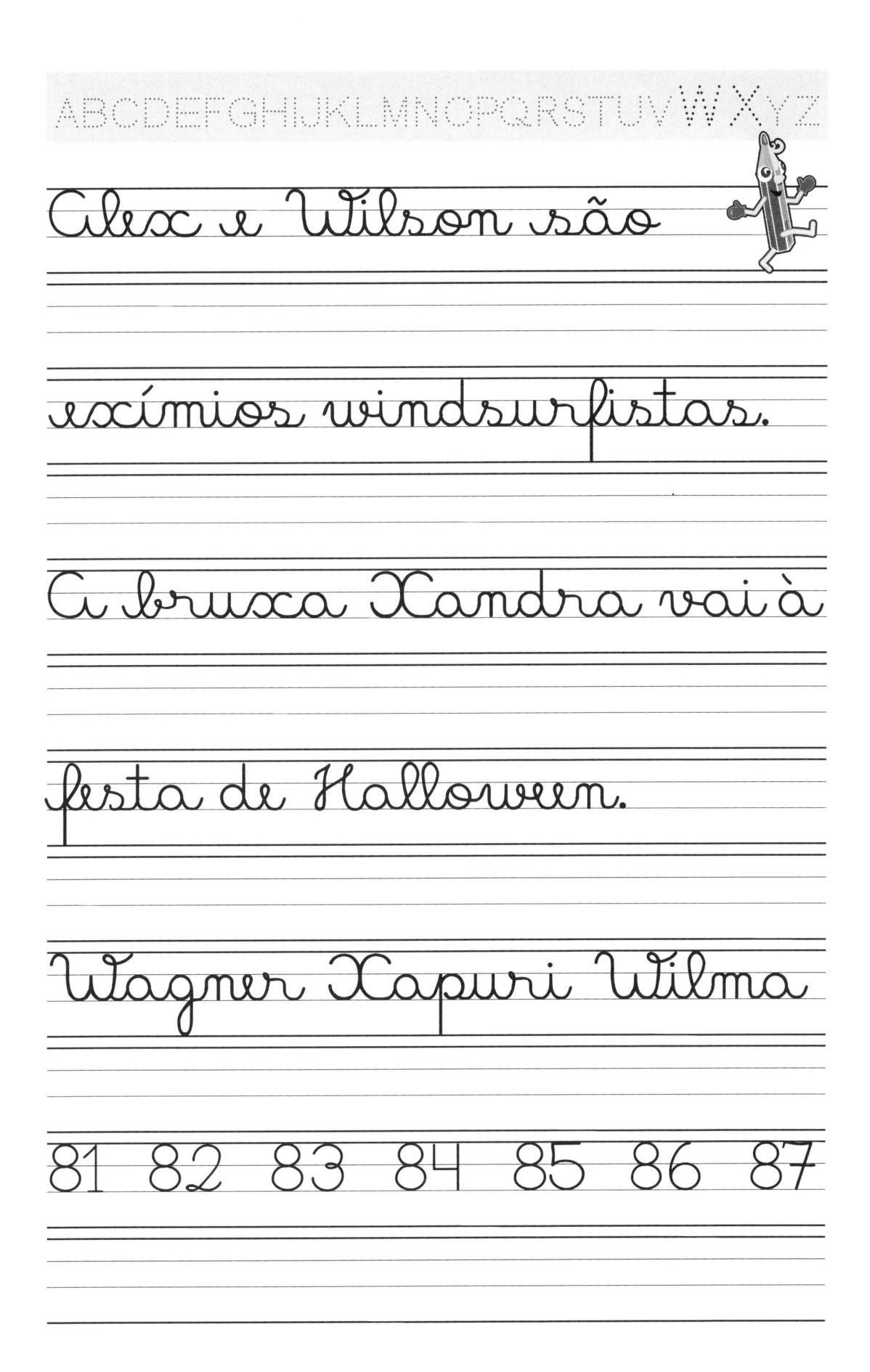

81 82 83 84 85 86 87

ABCDEFGHIJKLMNOPQRSTUVWXYZ

A zabumba de Yolanda

é listrada como a zebra.

Luiz toca jazz na

Orquestra de New York.

Yara Zimbábue Yves

88 89 90 91 92 93 94

O USO DO TIL NAS VOGAIS A E O

avião botão imã divã

coração mãe violão ações

balões canções limões

milhões pavões põem

Butão Camarões Damião

95 96 97 98 99 100

BR – CR – DR – FR – GR – PR – TR

Ele trouxe broa e drenou

o gramado da patroa.

Há cravos e framboesas

silvestres no prado.

Brunei França Croácia

Dracena Londres Madri

RR - SS - CH - LH - NH

A galinha, a chinchila e

a lhama são animais.

Ana andou no carrossel

em Barra Mansa.

Alemanha Chade China

Antilhas Ilhas Virgens

1. Escreva o nome das frutas usando apenas as letras necessárias:

1 AENAANPBM	2 EFANLCITMOA	3 DOMRTAJOGAN
_____	_____	_____

4 QEPBURAI	5 RÊUSPSOGME	6 EÃMAOÇAN
_____	_____	_____

2. Troque os números pelas sílabas e forme as palavras:

1 = flo   5 = der   9 = ver   13 = sa   17 = mi   21 = fe
2 = la   6 = li   10 = da   14 = ci   18 = be   22 = pre
3 = sur   7 = al   11 = res 15 = ce   19 = no   23 = go
4 = de   8 = fa   12 = a   16 = ca   20 = to   24 = do

1️⃣ 9 - 4 = _____

2️⃣ 1 - 11 = _____

3️⃣ 12 - 17 - 23 = _____

4️⃣ 13 - 2 - 10 = _____

5️⃣ 16 - 5 - 19 = _____

6️⃣ 3 - 22 - 13 = _____

7️⃣ 21 - 6 - 14 - 10 - 4 = _____

8️⃣ 7 - 8 - 18 - 20 = _____

9️⃣ 24 - 15 = _____

1. Siga o exemplo e coloque o *s* entre as letras, para formar outras palavras:

1 gato – gasto	**2** pato – _____
3 cota – _____	**4** caca – _____

2. Faça o mesmo com a letra *l*:

1 caça – calça	**2** ato – _____
3 cama – _____	**4** popa – _____

3. Faça o mesmo com a letra *r*:

1 pato – parto	**2** temo – _____
3 fato – _____	**4** lago – _____

4. Faça o mesmo com a letra *n*:

1 pote – ponte	**2** ode – _____
3 seta – _____	**4** teto – _____

1. Complete as palavras com as letras l, n, r ou s:

1. de_te
2. pa_ma
3. po_ta
4. co_te
5. ce_to
6. pe_te
7. co_po
8. ca_do
9. e_pe_to
10. co_te_te
11. e_cola
12. e_co_derijo

2. Siga o exemplo e coloque o l entre as letras, para formar outras palavras:

1. paca – placa
2. cara – _____
3. foco – _____
4. puma – _____

3. Encontre e circule no quadro de letras, em qualquer sentido ou direção, estes nomes próprios:

- Clarice
- Cláudio
- Cleonice
- Cleuza
- Clodoaldo
- Clóvis
- Flávia
- Flora
- Gláucia
- Kléber

```
C L A M I L U T A G E
F K L É B E R A H L N
M C I O D L O E O Á T
J L L F L O R A P U C
R Á L Ó Ó J O Z I C L
A U A O V F L Á V I A
C D M A A I A R I A R
E I B F S A S L E L I
C O C L E O N I C E C
P A T C L E U Z A P E
C L O D O A L D O F O
```

1. Complete as palavras com as sílabas ca, co ou cu:

1. ___lar
2. ___miseta
3. ___bide
4. ___ração
5. bar___
6. ___bo

2. Complete as palavras com as sílabas ce ou ci:

1. ___garra
2. ___bola
3. ___dade
4. ___gonha
5. ___lular
6. ___nema

3. Complete o nome das figuras e depois forme frases com essas palavras:

1. ___valo
2. ___rco
3. maca___
4. mor___go
5. cír___lo

1- Marque as palavras que têm o g com o mesmo som do g na palavra **gorila**:

gaiola	gula	goiaba
ligado	geladeira	geleia
goleiro	goma	legume

2- Marque as palavras que têm o g com o mesmo som do g na palavra **gelo**:

lagosta	geada	gincana
goteira	ginásio	gemada
gaveta	gibi	mágico

3- Escreva as palavras abaixo, de acordo com o som do seu g, na lista das palavras **galo** ou **girafa**:

agora • argila • garoto • gênio • gente
ginga • girar • gola • gota • papagaio

galo	girafa
_____	_____
_____	_____
_____	_____
_____	_____
_____	_____

1. Siga o exemplo e escreva o diminutivo das outras palavras:

pássaro – passarinho

cama – _____   gato – _____

casa – _____   panela – _____

comida – _____   pato – _____

fada – _____   sapato – _____

2. Das palavras abaixo, circule as que não estão no aumentativo:

avião • carrão • casarão • dragão
feijão • gatão • narigão • sorvetão

3. Complete a tabela com os diminutivos e os aumentativos das palavras listadas ao centro:

diminutivo	normal	aumentativo
_____	bola	_____
_____	cadeira	_____
_____	chapéu	_____
_____	dedo	_____
_____	faca	_____
_____	pai	_____
_____	peixe	_____
_____	porta	_____

1. Complete as palavras com uma destas sílabas:

lha • lhe • lhi
lho • lhu

a___
baru___
bi___te
bo___
coe___nho

espanta___
fi___nho
ore___do
pa___
repo___

2. Copie as palavras em cada grupo correspondente:

abelhudo • acolhida • agulha • bulhufas
colheita • colher • filhote • galho • velhinho
lhama • milho • molhado • molho • mulher
piolho • silhueta • trabalho

lha _____

lhe _____

lhi _____

lho _____

lhu _____

1. Use as palavras da lista para completar as frases:

A caminho • montanhista • lenha • nenhuma • amanhecer

Ao _____, o _____ pegou muita _____ pelo _____.
À noite, ele fez uma fogueira com elas e assou batatas. _____ batata queimou.

B companhia • galinha • galinheiro • nenhum • ninho

A _____ não queria _____, mas fez o _____ no _____.
Ela botou quatro ovos e não quebrou _____.

2. Escreva, nas linhas abaixo, somente as palavras com **nh** encontradas em cada parlenda:

A galinha do vizinho bota ovo amarelinho. Bota 1, bota 2, bota 3, bota 4, bota 5, bota 6, bota 7, bota 8, bota 9, bota 10!	Salada, saladinha, bem temperadinha com sal, pimenta, fogo, foguinho!

_____ _____ _____ _____

_____ _____ _____ _____

1. Complete o nome das figuras com a letra q. Depois, leia as palavras em voz alta.

1. _uati
2. caia_ue
3. tan_ue
4. es_uilo

2. Use as palavras da lista para completar as frases:

caqui • coqueiro • quiabo • quindim • Quintino
moleque • quintal • Quitéria • quitanda

A. No _____ da minha casa tem um pé de _____.

B. Comprei _____ na _____ do senhor _____.

C. Meu doce preferido é o _____ da dona _____.

D. O _____ subiu no _____.

3. Circule no texto as palavras em que a letra r se une com outra consoante:

Graça ficou muito grata quando ganhou o anel. Com capricho, ela fez duas tranças e, ao baile, chegou primeiro.

1. Com ch ou x? Fique atento e escreva corretamente o nome das figuras. Depois, leia em voz alta, para perceber que, nessas palavras, ch e x têm o mesmo som.

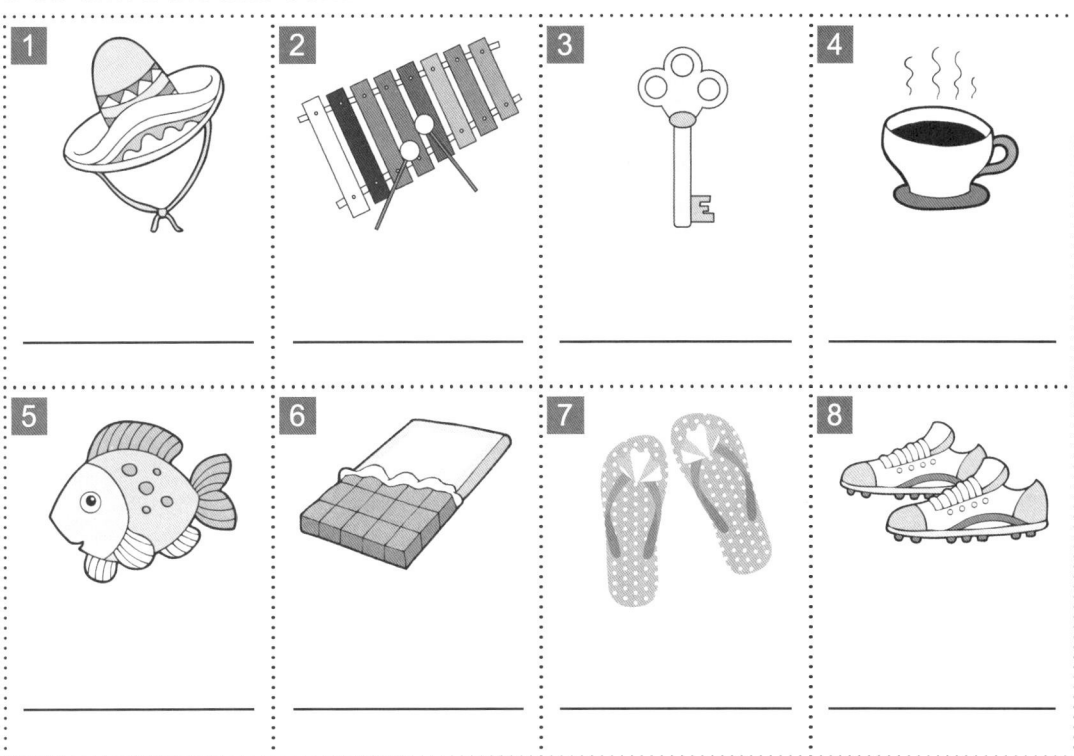

1	2	3	4
_____	_____	_____	_____

5	6	7	8
_____	_____	_____	_____

2. Use ch ou x para completar as palavras das parlendas:

___uva, ___oveu,
goteira pingou.
Pergunte ao papudo
se o papo molhou.

Quem co___i___a
o rabo espi___a
come pão
com lagarti___a.

Era uma bru___a
com uma faca na mão...
Passando manteiga
no pão.

1. Desembaralhe as letras e escreva as palavras com s e z. Depois, leia a lista em voz alta, para perceber que, nessas palavras, s e z têm o mesmo som.

1. s a m e _____
2. z e o n _____
3. a c a s _____
4. b r a e z _____
5. l i f e z _____
6. s a a _____
7. z a p o b r e _____
8. c o s a c a _____
9. z o e r _____
10. r o s i _____

2. Escreva uma frase usando as palavras indicadas:

s

raposa _____

paisagem _____

visita _____

risada _____

z

cozinha _____

amizade _____

anzol _____

buzina _____

1. Escreva cada palavra na lista correspondente:

computador • bambu • bombeiro • bombom
amplo • campainha • campo • lâmpada
ombro • samba • tampa • tambor

palavras com mb	palavras com mp
_____	_____
_____	_____
_____	_____
_____	_____
_____	_____
_____	_____

2. Circule, no texto abaixo, as palavras escritas com mp e mb:

Maria foi à venda e comprou temperos e, também, uma empada quentinha para comer pelo caminho. Enquanto comia, ela limpava as migalhas da blusa, que foram caindo pelo chão e formando uma trilha comprida, mas nem deu tempo, pois as pombas comeram tudo.

3. Complete as palavras com m ou n:

1. bo___beiro
2. ca___peão
3. ca___toria
4. de___tista
5. elefa___te
6. exe___plo
7. pe___te
8. po___ba
9. to___bo
10. ve___to

60

1. Complete as palavras com c ou ç:

1 O mo__o foi ao __inema de moto__icleta usando capa__ete.

2 Na hora da dan__a, a menina da __idade trope__ou e bateu no gar__om, que derrubou a ta__a.

3 Mar__elo foi à do__eria e comprou um bolo de chocolate com peda__os de __ereja e a__úcar por __ima.

4 Tio Laér__io fez có__egas na mo__a de cal__a __inza e la__o no cabelo e deu uma pa__oca para a crian__a.

2. Escreva o nome das figuras e complete as outras palavras com c ou ç:

1	2	3
_____	_____	_____

4	5	6
pin__el	len__o	caro__o

61

1. Pinte as letras de azul e os números de vermelho. Depois, escreva uma palavra que comece apenas com as letras maiúsculas encontradas na figura:

- _____
- _____
- _____

2. Observe o exemplo e escreva o **antônimo** de cada palavra:

grande - pequeno

1. alegre - _____
2. alto - _____
3. calmo - _____
4. claro - _____
5. corajoso - _____
6. curto - _____
7. doce - _____
8. dormir - _____
9. duro - _____
10. estreito - _____
11. fácil - _____
12. fino - _____
13. limpar - _____
14. maduro - _____
15. magro - _____
16. mentira - _____
17. perto - _____
18. rir - _____

1. Feminino ou masculino? Escreva cada palavra na lista correspondente:

ator • atriz • campeã • campeão • cavalo
égua • madrinha • padrinho • heroína
herói • leão • leoa

feminino	masculino
_____	_____
_____	_____
_____	_____
_____	_____
_____	_____
_____	_____

2. Preste atenção nos exemplos. Depois, complete a lista com o plural das outras palavras:

singular	plural	singular	plural
anel	anéis	mãe	mães
canal	canais	capitão	capitães
patim	patins	coração	corações
anta	_____	capim	_____
animal	_____	mamão	_____
árvore	_____	menina	_____
casa	_____	mamãe	_____
cão	_____	pastel	_____

RESPOSTAS

Página 3: DOIS CARROS. **1-** 3. **2-** 4. **3-** 4. **4-** 5. **5-** 7. **6-** 5. **7-** 5. **8-** 7. **9-** 6. **10-** 8. **11-** 8. **12-** 7. **13-** 9. **14-** 8. **15-** 9. **16-** 9.

Página 4: QUATRO PEIXES. **1-** 11. **2-** 13. **3-** 12. **4-** 10. **5-** 11. **6-** 11. **7-** 14. **8-** 12. **9-** 12. **10-** 13. **11-** 16. **12-** 16. **13-** 15. **14-** 15. **15-** 17. **16-** 18.

Página 5: CINCO COGUMELOS. **1-** 19. **2-** 17. **3-** 17. **4-** 19. **5-**19. **6-** 19. **7-** 19. **8-** 19. **9-** 18. **10-** 18. **11-** 16. **12-** 18. **13-** 15. **14-** 19. **15-** 14. **16-** 12.

Página 6: OITO JARRAS. **1-** 27. **2-** 37. **3-** 38. **4-** 66. **5-** 58. **6-** 54. **7-** 69. **8-** 79. **9-** 94. **10-** 98. **11-** 66. **12-** 79. **13-** 86. **14-** 49. **15-** 39. **16-** 84.

Página 7: SEIS ÁRVORES. **1-** 39. **2-** 64. **3-** 78. **4-** 78. **5-** 98. **6-** 54. **7-** 76. **8-** 49. **9-** 84. **10-** 99. **11-** 86. **12-** 79. **13-** 58. **14-** 89. **15-** 84. **16-** 58.

Página 8: QUATRO BULES. **1-** 6. **2-** 5. **3-** 9. **4-** 9. **5-** 7. **6-** 8. **7-** 8. **8-** 8. **9-** 8. **10-** 9. **11-** 9. **12-** 9. **13-** 7. **14-** 9. **15-** 8. **16-** 6.

Página 9: SEIS GARFOS. **1-** 77. **2-** 96. **3-** 69. **4-** 99. **5-** 99. **6-** 99. **7-** 78. **8-** 98. **9-** 99. **10-** 77. **11-** 99. **12-** 88. **13-** 68. **14-** 96. **15-** 79. **16-** 85.

Página 10: UM BARCO. **1-** 0. **2-** 0. **3-** 2. **4-** 3. **5-** 4. **6-** 5. **7-** 6. **8-** 7. **9-** 8. **10-** 1. **11-** 2. **12-** 0. **13-** 2. **14-** 3. **15-** 2. **16-** 5.

Página 11: UMA COROA. **1-** 3. **2-** 7. **3-** 4. **4-** 1. **5-** 1. **6-** 3. **7-** 0. **8-** 6. **9-** 4. **10-** 0. **11-** 2. **12-** 1. **13-** 2. **14-** 2. **15-** 6. **16-** 0.

Página 12: TRÊS FLOCOS DE NEVE. **1-** 11. **2-** 11. **3-** 11. **4-** 10. **5-** 11. **6-** 13. **7-** 15. **8-** 10. **9-** 23. **10-** 12. **11-** 37. **12-** 20. **13-** 10. **14-** 21. **15-** 11. **16-** 22.

Página 13: TRÊS PEIXES. **1-** 72. **2-** 82. **3-** 91. **4-** 55. **5-** 41. **6-** 30. **7-** 63. **8-** 32. **9-** 53. **10-** 71. **11-** 47. **12-** 50. **13-** 90. **14-** 80. **15-** 35. **16-** 74.

Página 14: DOIS COCOS. **1-** 31. **2-** 20. **3-** 25. **4-** 23. **5-** 64. **6-** 9. **7-** 12. **8-** 13. **9-** 21. **10-** 35. **11-** 54. **12-** 41. **13-** 4. **14-** 23. **15-** 3. **16-** 37.

Página 15: CINCO LAGARTIXAS. **1-** 0. **2-** 10. **3-** 43. **4-** 33. **5-** 22. **6-** 44. **7-** 40. **8-** 11. **9-** 22. **10-** 21. **11-** 5. **12-** 11. **13-** 32. **14-** 2. **15-** 23. **16-** 16.

Página 16: ONZE TIJOLOS. **1-** 10. **2-** 21. **3-** 5. **4-** 65. **5-** 21. **6-** 12. **7-** 16. **8-** 38. **9-** 23. **10-** 46. **11-** 31. **12-** 11. **13-** 22. **14-** 13. **15-** 71. **16-** 12.

Página 17: DEZESSEIS TULIPAS. **1-** 73. **2-** 12. **3-** 21. **4-** 11. **5-** 54. **6-** 11. **7-** 26. **8-** 12. **9-** 54. **10-** 82. **11-** 10. **12-** 43. **13-** 33. **14-** 3. **15-** 41. **16-** 37.

Página 18: 1- 1 + 3 = 4 (QUATRO LÁPIS). **2-** 1 + 11 + 4 = 16 (DEZESSEIS OBJETOS). **3-** 5 + 4 = 9 (NOVE SELOS). **4-** 25 – 22 = 3 (TRÊS PONTOS).

Página 19: 1- 9 – 3 = 6 (SEIS GATOS). **2-** 15 + 13 = 28 (VINTE E OITO ALUNOS). **3-** 1 + 2 + 1 + 3 + 1 = 8 (OITO PRESENTES). **4-** 18 – 12 = 6 (SEIS ADESIVOS).

Página 20: 1- 1 + 1 +1 = 3 (TRÊS PARES DE CALÇADOS). **2-** 10 – 5 = 5 (CINCO ROSAS). **3-** 15 – 8 = 7 (SETE BOLAS DE GUDE). **4-** 18 – 5 = 13, 13 – 3 = 10 (DEZ ROSQUINHAS).

Página 21: 1- 10 – 4 = 6 (SEIS FATIAS DE MELANCIA). **2-** 35 –14 = 21 (VINTE E UMA MAÇÃS). **3-** 3 + 2 = 5 (CINCO BRINQUEDOS). **4-** 12 – 4 = 8 (OITO OVOS).

Página 22: 1- 4 + 2 = 6 (SEIS SAPOS). **2-** 15 + 4 + 5 + 1 = 25 (VINTE E CINCO AVES). **3-** 285 – 183 = 102 (CENTO E DOIS ALUNOS). **4-** 6 + 4 = 10; 15 – 10 = 5 (GASTOU DEZ REAIS E SOBRARAM CINCO REAIS).

Página 23: 1- 2 + 9 + 4 = 15 (QUINZE FRUTAS). **2-** 14 – 8 = 6 (SEIS PASSARINHOS). **3-** 13 + 12 = 25 (VINTE E CINCO PÉS). **4-** 34 + 20 + 14 = 68 (SESSENTA E OITO ANIMAIS).

Página 24: 1- 10 + 3 = 13 (TREZE PEIXES). **2-** 13 – 11 = 2 (DOIS ANOS).

3- 5 + 4 + 3 = 12 (DOZE ÁRVORES). **4-** 45 – 22 = 23 (VINTE E TRÊS GIBIS).

Página 25: 1- 4 + 5 = 9 (NOVE CATA-VENTOS). **2-** 27 + 12 = 39 (TRINTA E NOVE REAIS). **3-** 5 + 7 + 10 = 22 (VINTE E DOIS PONTOS). **4-** 58 – 15 = 43 (QUARENTA E TRÊS POLTRONAS VAZIAS).

Página 26: 1- 11 – 5 = 6 (SEIS CARROS). **2-** 30 + 30 = 60 (SESSENTA DIAS). **3-** 6 + 6 + 6 = 18 (DEZOITO RODAS). **4-** 26 – 8 = 18 (DEZOITO CRIANÇAS).

Página 27: 1- 5 + 5 + 5= 15 (QUINZE ESTRELAS: NOVE PINTADAS E SEIS SEM PINTAR). **2-** 9 – 7 = 2 (DOIS PINOS). **3-** 3 + 4 = 7; 12 – 7 = 5 (CINCO FATIAS DE PIZZA). **4-** 13 – 5 = 8 (OITO ALUNOS).

Página 28: 1- 4 + 3= 7 (SETE PINTINHOS). **2-** 15 – 3 = 12; 12 – 6 = 6 (SEIS FILHOTES). **3-** 8 + 3 = 11, 11 – 4 = 7 (SETE AVIÕES). **4-** 1 + 2 + 12 = 15; 1 + 2 + 1 = 4; 15 + 4 = 19 (DEZENOVE ITENS DE MATERIAL ESCOLAR).

Página 29: 1- 6 + 6= 12 (DOZE ESTRELAS-DO-MAR). **2-** 17 – 13 = 4 (QUATRO PROBLEMINHAS). **3-** 24 – 13 = 11 (ONZE LITROS DE LEITE). **4-** 15 – 15 = 0 (NENHUMA VELINHA ACESA).

Página 30: 1- 12 + 12= 24 (VINTE E QUATRO CALÇADOS). **2-** 5 + 3 + 12 = 20 (VINTE BRINQUEDOS). **3-** 36 – 22 = 14 (CATORZE PÁGINAS). **4-** 19 + 5 = 24 (VINTE E QUATRO CONTAS).

Página 31: 1- 12 – 6 = 6 (SEIS BONEQUINHAS). **2-** 34 + 43 = 77 (SETENTA E SETE LATINHAS). **3-** 21 + 13 = 34; 43 – 34 = 9 (NOVE FIGURINHAS). **4-** 25 – 22 = 3 (TRÊS PONTOS).

Página 32: 1- 11 + 11 = 22 (VINTE E DOIS DEGRAUS). **2-** 3 + 2 + 4 = 9 (NOVE LEGUMES). **3-** 10 – 7 = 3 (TRÊS PATINHOS). **4-** 1 + 7 = 8 (OITO PERSONAGENS).

Página 49: 1. 1- BANANA. 2- MELANCIA. 3- MORANGO. 4- PERA. 5- PÊSSEGO. 6- MAÇÃ. **2.** 1- VERDE. 2- FLORES. 3- AMIGO. 4- SALADA. 5- CADERNO. 6- SURPRESA. 7- FELICIDADE. 8- ALFABETO. 9- DOCE.

Página 50: 1. 1- GASTO. 2- PASTO. 3- COSTA. 4- CASCA. **2.** 1- CALÇA. 2- ALTO. 3- CALMA. 4- POLPA. **3.** 1- PARTO. 2- TERMO. 3- FARTO. 4- LARGO. **4.** 1- PONTE. 2- ONDE. 3- SENTA. 4- TENTO.

Página 51: 1. 1- DENTE – DESTE. 2- PALMA – PARMA – PASMA . 3- PONTA – PORTA – POSTA. 4- CONTE – CORTE. 5- CENTO – CERTO – CESTO. 6- PENTE – PESTE. 7- CORPO. 8- CALDO – CARDO. 9- ESPERTO. 10- CONTENTE – CONTESTE. 11- ESCOLA. 12- ESCONDERIJO. **2.** 1- PLACA. 2- CLARA. 3- FLOCO. 4- PLUMA. **3. HORIZONTAIS:** KLÉBER, FLORA, FLÁVIA, CLEONICE, CLEUZA, CLODOALDO. **VERTICAIS:** CLÁUDIO, GLÁUCIA, CLARICE. **DIAGONAL:** CLÓVIS.

Página 52: 1. 1- COLAR. 2- CAMISETA. 3- CABIDE. 4- CORAÇÃO. 5- BARCO. 6- CUBO. **2.** 1- CIGARRA. 2- CEBOLA. 3- CIDADE. 4- CEGONHA. 5- CELULAR. 6- CINEMA. **3.** 1- CAVALO. 2- CIRCO. 3- MACACO. 4- MORCEGO. 5- CÍRCULO.

Página 53: 1. GAIOLA, GOIABA, GOLEIRO, GOMA, GULA, LEGUME, LIGADO. **2.** GEADA, GEMADA, GIBI, GINÁSIO, GINCANA, MÁGICO. **3.** LISTA DO **GALO:** GINGA, AGORA, GAROTO, GOLA, GOTA, PAPAGAIO. LISTA DA **GIRAFA:** GINGA, ARGILA, GÊNIO, GENTE, GIRAR.

Página 54: 1. CAMINHA, CASINHA, COMIDINHA, FADINHA, GATINHO, PANELINHA, PATINHO, SAPATINHO. **2.** AVIÃO, DRAGÃO, FEIJÃO. **3.** BOLINHA – BOLÃO, CADEIRINHA – CADEIRÃO, CHAPEUZINHO – CHAPELÃO, DEDINHO – DEDÃO, FAQUINHA – FACÃO, PAIZINHO – PAIZÃO, PEIXINHO – PEIXÃO, PORTINHA – PORTÃO.

Página 55: 1. ALHO, BARULHO, BILHETE, BOLHA, COELHINHO, ESPANTALHO, FILHINHO, ORELHUDO, PALHA, REPOLHO. **2. LHA:** AGULHA, LHAMA, MOLHADO. **LHE:** COLHEITA, COLHER, MULHER. **LHI:** ACOLHIDA, VELHINHO. **LHO:** FILHOTE, GALHO, MILHO, MOLHO, PIOLHO, TRABALHO. **LHU:** ABELHUDO, BULHUFAS, SILHUETA.

Página 56: 1. A- AMANHECER, MONTANHISTA, LENHA, CAMINHO, NENHUMA. B- GALINHA, COMPANHIA, NINHO, GALINHEIRO, NENHUM. **2.** AMARELINHO, FOGUINHO, GALINHA, SALADINHA, TEMPERADINHA, VIZINHO.

Página 57: 1. 1- QUATI, 2- CAIAQUE, 3- TANQUE, 4- ESQUILO. **2.** 1- QUINTAL, CAQUI. 2- QUIABO, QUITANDA, QUINTINO. 3- QUINDIM, QUITÉRIA. 4- MOLEQUE, COQUEIRO. **3.** CA**PR**ICHO, **GR**AÇA, **GR**ATA, **PR**IMEIRO, **TR**ANÇAS.